Gilbert **Delahaye** ◆ Marcel **Marlier**

martine

fait du théâtre

casterman

• Découvre les personnages de cette histoire •

Martine

Joyeuse et curieuse, Martine adore s'amuser avec ses amis et son petit chien Patapouf. Ensemble, ils découvrent le monde et vivent de véritables aventures. Une chose est sûre : avec Martine, on ne s'ennuie jamais !

Clara

Clara est une des meilleures amies de Martine. Elles vont à l'école ensemble et sont voisines : pratique pour s'inviter à jouer le week-end !

Antoine

Le boute-en-train de l'école ! Rieur et farceur, Antoine est toujours partant pour s'amuser.

Lison

Une cousine de Martine. Les deux filles ont le même âge et passent beaucoup de temps ensemble : en vacances, aux anniversaires, pour les fêtes, mais, surtout, dès qu'elles ont l'occasion de jouer et rire ensemble !

C'est le petit frère de Martine.
Avec Jean, Martine se sent grande,
et ça lui plaît beaucoup. En plus,
tous deux s'entendent à merveille.
Être grande sœur, c'est le bonheur !

Arthur est le petit frère de Louise,
une autre cousine de Martine et Jean…
et donc leur cousin !

Ce petit chien est un vrai clown !
Il fait parfois des bêtises…
mais il est si mignon que Martine
lui pardonne toujours !

Quel temps, aujourd'hui !

Dehors, le vent souffle en rafales et les feuilles mortes s'envolent.

Les parents de Martine se rendent chez des amis. Mais au bout de quelques pas, leur parapluie se retourne !

– Rentre te mettre à l'abri, Patapouf, disent-ils au petit chien. Martine et ses copains te tiendront compagnie.

Martine, Jean et leurs amis sont dans le grenier. C'est un endroit merveilleux pour jouer quand il fait mauvais. On y trouve des tas de vieux jouets.

– Regardez cette poupée endormie, s'écrie Lison.

– Et ce cheval à bascule ! se réjouit Jean. Allez, hue ! Emmène-moi dans un royaume lointain !

– Venez voir ! appelle Martine. J'ai trouvé un coffre mystérieux !

– Il est lourd… constate Antoine. Je me demande bien ce qu'il y a dedans…

Il regarde par le trou de la serrure et Martine tente de soulever le couvercle.

– Le plus simple, ce serait de le déverrouiller ! dit Jean en brandissant une petite clé qu'il vient de ramasser par terre.

– Bravo, Jean !

Clic, clac ! Le coffre s'ouvre…

Des déguisements ! Il y en a des dizaines : des robes, des chapeaux, des foulards multicolores…

– J'ai une idée ! s'écrie Martine. Si on faisait un spectacle ? On serait une troupe de comédiens… Notre pièce pourrait raconter un magnifique conte de fées !

Tout le monde approuve.

– Puisque tu as eu l'idée, Martine c'est à toi de jouer la princesse, dit Lison en ajustant la belle robe rose à dentelles de sa cousine. Martine, ravie, prend la pose en agitant élégamment un éventail. Pendant ce temps, les autres préparent le décor : Arthur transporte des sièges, Clara coud des rideaux, Jean fixe les planches de l'estrade…

Enfin, tout est prêt. Le grenier ressemble à un vrai théâtre !

Il est temps d'entrer en scène : l'histoire commence dans un vieux château.

– Tous les habitants sont plongés dans un sommeil de cent ans…, raconte Martine. Comme dans *La Belle au bois dormant*.

Et les enfants, tout à leur rôle, font semblant de dormir. Certains laissent échapper un petit ronflement. Même Patapouf révèle son talent d'acteur…

Mais soudain…

– Je suis le prince Alban ! s'écrie Jean sur son cheval à bascule. Je reviens de la guerre et c'est à moi, maintenant, de régner sur le royaume ! Voilà deux jours que je galope à travers la forêt et les champs pour rejoindre ma princesse. J'arrive, princesse Martine ! Je cours vers toi !

À son arrivée, le cavalier ouvre doucement la porte.

– Où est la princesse ? demande-t-il.

En entendant la voix de son prince, Martine ouvre les yeux et s'étire.

– Je suis ici, dit-elle en se frottant les paupières.

Et comme par enchantement, tout le monde se réveille en même temps. Patapouf est tellement content de pouvoir enfin s'ébrouer… qu'il enchaîne les acrobaties !

– Princesse Martine, annonce Jean, maintenant que je suis le roi, tu deviens la reine !

Martine monte sur l'estrade et s'agenouille sur un coussin, comme dans les vrais couronnements. Jean lui pose un diadème doré sur les cheveux d'un air solennel.

– Vive la reine ! acclament les autres.

– Il faut organiser un grand bal ! décide le roi.

Aussitôt dit, aussitôt fait ! Les enfants décorent la scène avec des guirlandes et des lampions.

– Tu tiens bien l'échelle, Antoine ? demande Jean.

– Oui, avec les deux mains ! Je ne laisserais pas Sa Majesté tomber de si haut…

Clara aussi rêve de porter une robe longue ornée de rubans.

Alors, pour le bal, elle se change en duchesse.

– Si on essayait les chapeaux ? propose Martine.

– Ils sont tous magnifiques… Lequel choisir ?

– J'aime bien celui-ci, avec des plumes d'autruche.

– Moi, je préfère cette capeline avec des boutons d'or.

Les garçons aussi complètent leur costume. Arthur ajoute une moustache à sa tenue de cuisinier.

– Ouaf ! Ouaf ! aboie le petit chien, qui veut participer.

– Mes hommages, cher docteur Patapouf… s'amuse sa maîtresse en glissant une paire de lunettes sur le museau du petit chien. Vous paraissez très savant ! Et si nous enrichissions votre tenue d'un joli flot ? Qu'en dites-vous ?

Que le bal commence !

– Je vais jouer un morceau à la flûte, annonce Antoine. Je l'ai appris cette semaine à l'école.

Martine et Jean se donnent la main, tandis que les autres font la ronde et dansent en rythme autour d'eux…

Les confettis pleuvent. Martine en a plein les cheveux !

À force de faire des pirouettes, Patapouf s'est emberlificoté dans les serpentins ! Il en a trois autour du cou, un autre à la patte, et le dernier est accroché à sa queue…

– Ne bouge pas, dit Lison en s'accroupissant, je vais te libérer. Tu seras plus à l'aise pour danser !

Les festivités continuent au château.

Jean s'installe au piano et Antoine prend une guitare.

– En l'honneur de la princesse, voici un petit concert !

Do, mi, fa, sol, do…

Quelle jolie mélodie ! Les notes résonnent, l'assemblée est sous le charme. Patapouf, lui aussi, apprécie le récital. Il y prend part activement en tant que tourneur de pages de la cour !

La fête est finie, il est temps de partir.

– Votre Majesté, votre carrosse est avancé… annonce Jean.

Martine s'installe sur la banquette avec Lison et agite la main pour dire adieu à ses sujets.

– En avant ! crie Antoine. Au palais du roi et de la reine !

Rideau ! La pièce est terminée.

– Bravo, Martine, tu as été formidable ! la félicite Clara en enlevant son costume.

– La prochaine fois, on échangera les rôles, promet la fillette. Ce sera toi, la reine.

« Et moi, le roi ! » semble aboyer joyeusement Patapouf.

Retrouve **martine** dans d'autres aventures !

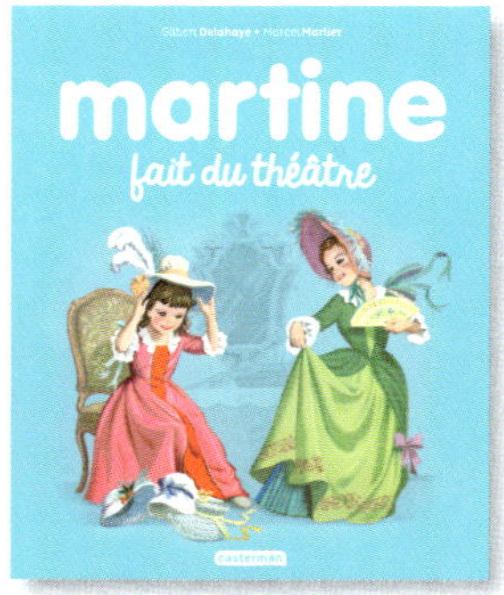

martine
est malade
casterman

Gilbert Delahaye • Marcel Marlier
martine
fête maman
casterman

martine
à l'école
casterman

Gilbert Delahaye • Marcel Marlier
martine
et le cadeau
d'anniversaire
casterman

Gilbert Delahaye • Marcel Marlier
martine
et les lapins
du jardin
casterman

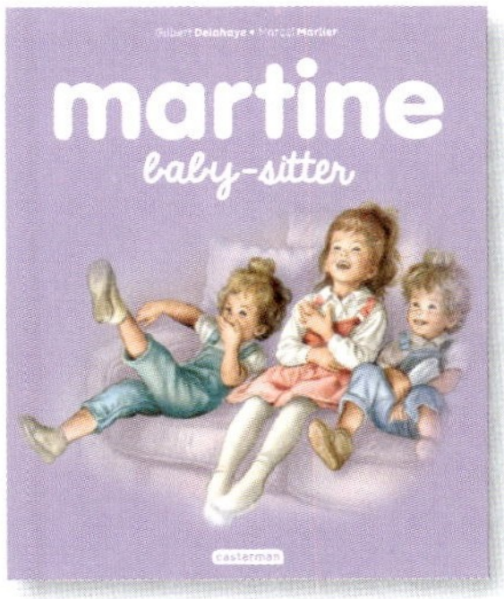
Gilbert Delahaye • Marcel Marlier
martine
baby-sitter
casterman

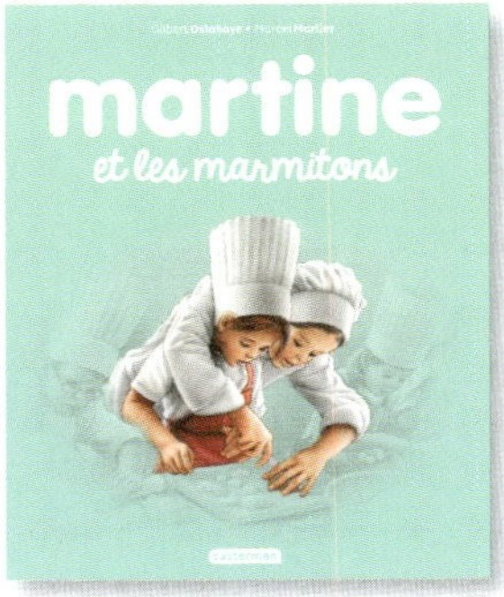
Gilbert Delahaye • Marcel Marlier
martine
et les marmitons
casterman

Gilbert Delahaye • Marcel Marlier
martine
prépare une surprise
casterman

Gilbert Delahaye • Marcel Marlier
martine
l'arche des animaux
casterman

Gilbert Delahaye • Marcel Marlier
martine
un amour de poney
casterman

Gilbert Delahaye • Marcel Marlier
martine
la dispute
casterman

Gilbert Delahaye • Marcel Marlier
martine
drôle de chien !
casterman

martine
protège la nature
casterman

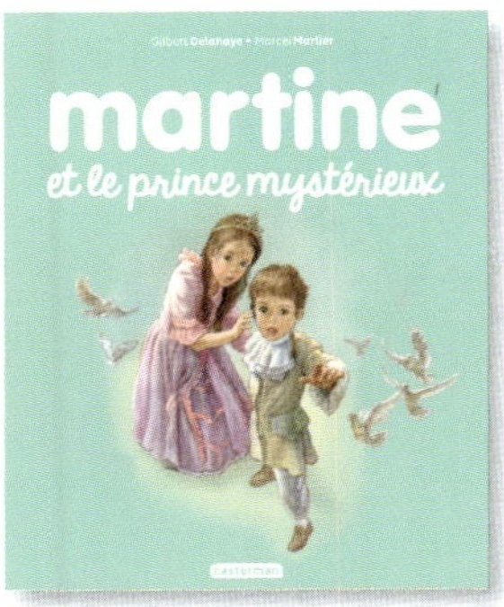
Gilbert Delahaye • Marcel Marlier
martine
et le prince mystérieux
casterman

Casterman
Cantersteen 47
1000 Bruxelles

www.casterman.com

ISBN : 978-2-203-10694-9
N° d'édition : L.10EJCN000506.N001

D'après les albums de Gilbert Delahaye et Marcel Marlier.
Achevé d'imprimer en avril 2016, en Italie.
Dépôt légal : juin 2016 ; D.2016/0053/152
Déposé au ministère de la Justice, Paris (loi n°49.956
du 16 juillet 1949 sur les publications destinées à la jeunesse).